D1486373

Ontsnapt?

Lisette Blankestijn

Ontsnapt?

Tekeningen Walter Donker

Deventer
Van Tricht *uitgeverij*, 2010
www.vantricht.nl

Troef-reeks

Inhoud

HOOFDSTUK 1

Actie

Jorien verveelt zich.
Ze verstopt zich tussen de rekken van een grote winkel.
Het is een bouwmarkt.
Je kunt er dingen kopen om te klussen in huis.
Jorien is hier met haar vader en moeder
en haar kleine broertje, Wout.
Ze haat winkelen, maar ze moest mee.
Haar ouders willen dat ze 'gezellig' doet.
Maar zijn ze zelf wel zo gezellig?

Joriens moeder werkt altijd thuis.
Ze zit de hele dag achter de computer.
Haar vader praat altijd alsof hij op zijn werk is.
Hij klinkt dan alsof hij nog steeds aan het vergaderen is.
Vanmorgen heeft Jorien haar vader verteld
dat ze bijna jarig is.
'Noteer dat even op de kalender,' zei hij toen.
Hij zou het zomaar vergeten.
Jorien is bijna dertien en ze heeft nog steeds geen
mobieltje.
Alle kinderen van haar klas hebben er een.
Nee, gezellig is het thuis niet, vindt ze.

Jorien gluurt in de bouwmarkt tussen de rekken door.
Door een kiertje ziet ze de vuile broekspijpen
van haar vader.

Daarna het mollige armpje van Wout.
Hij heeft een knuffelkonijn in zijn hand.
Vroeger was het van haar, toen was het nog roze.
Nu is het grijs geworden.
Stom babyding!
Daar komt eindelijk haar moeder langs.
Ze heeft schoenen met heel hoge hakken aan.
Ze duwt een ijzeren winkelwagen.

Jorien leunt met haar kin op de verfblikken.
Zo kan ze goed gluren naar de mensen die langskomen.
Zouden haar ouders haar al missen?
Zouden ze haar al zoeken?
Dat hoopt Jorien.
Misschien denken ze wel dat ze echt weg is.
Dat ze ontvoerd is door één of andere engerd.
Straks wordt ze misschien wel omgeroepen in de
bouwmarkt:

Hier is een bericht voor Jorien.
Wil Jorien Bari zich melden bij kassa 7?
Haar ouders wachten daar op haar.
Herhaling: Wil Jorien Bari zich melden bij kassa 7...

Het lijkt Jorien leuk zo'n bericht te horen.
Ze verheugt zich er nu al op.
Ze heeft zich al zo vaak verstopt in een winkel.
De laatste keer dat ze het deed hebben haar ouders
gedreigd:
'Als je het weer doet, gaan we zonder jou naar huis.'
Haar ouders waren heel boos geweest.
Ze wilden niet dat ze ooit nog eens zoiets zou doen.

8

Maar Jorien is niet bang.
Ze hadden haar niet mee moeten nemen.
Ze wilde toch gewoon thuisblijven.
Beetje op de bank hangen.
Beetje kletsen op msn.

Er is nu al een tijd niemand langsgekomen.
Jorien kruipt tussen de verfblikken uit.
Ze loopt langs het behang naar de achterkant
van de winkel.
Snel steekt ze het pad met de lampen over.
Nu kan ze de kassa's goed zien.
Daar zijn haar ouders.
Ze gaan al bijna afrekenen.
Wout trekt aan de hand van Joriens vader.
Haar moeder buigt zich voorover naar een vriezer
met ijsjes.
Ze haalt er een ijsje uit en legt het op de band.
Wout staat nu te springen, hij klapt in zijn handjes.
Het konijn valt op de grond.
Zijn moeder raapt het voor hem op.

Papa legt de spullen uit de kar op de band.
Joriens moeder heeft maar één ijsje gepakt.
Jorien ziet het heel goed.
Eén ijsje, geen twee.
Alleen een ijsje voor Wout, geen ijsje voor haar.
Jorien houdt zich stil.
Denken haar ouders dat ze nu tevoorschijn komt?
Omdat ze ook een ijsje wil?
Nee, ze laat zich niet lokken door een ijsje.
Als ze willen dat ze meekomt,
moeten ze haar maar gaan zoeken.

Jorien kijkt naar haar moeder.
Die is aan het pinnen.
Haar vader wacht met de kar.
Zo dadelijk zullen ze haar gaan zoeken, denkt Jorien.
Snel kijkt ze om zich heen.
Waar zal ze zich nu verstoppen?
In een kast?
Of tussen de houten planken?

Joriens vader haalt het papiertje van het ijsje af.
Hij geeft het ijsje aan Wout.
Joriens moeder duwt de winkelwagen naar buiten.
Ze loopt ermee naar de parkeerplaats.
Wout geeft zijn vader een hand.
Samen lopen ze achter Joriens moeder aan.
Niemand kijkt achterom.
Jorien kijkt hen verbaasd na.
Ze zoeken haar dus helemaal niet.
Maar straks komen ze natuurlijk terug.
Als ze de boodschappen in de auto hebben gedaan.

Ik ga me weer verstoppen, denkt Jorien.
En ze verstopt zich half achter een groot reclamebord.
Actie leest ze.
Voorzichtig kijkt ze langs het bord.
Zo kan ze de parkeerplaats zien.
Daar is haar vader al.
Hij zet de winkelwagen terug in de rij en haalt het
muntje eruit.
Hij zal nu zeker naar binnen komen om haar te zoeken.
Ze twijfelt.

Zal ze vandaag een keer heel lief zijn?
Zal ze vandaag uit zichzelf tevoorschijn komen?

Maar dan ziet Jorien dat haar vader helemaal niet
naar binnen komt.
Hij loopt naar de auto, pakt zijn sleutels en stapt in.
Jorien schrikt.
Ze ziet dat de auto achteruit draait.
Haar vader rijdt de parkeerplaats af en verdwijnt
in het drukke verkeer.
Jorien denkt: ze willen me laten schrikken.
Dát is natuurlijk de bedoeling.
Ze gaan een rondje rijden en dan komen ze terug.
Ze zullen even boos zijn en ik zal 'sorry' zeggen.
En dan gaan we samen naar huis.

Jorien wacht.
Het duurt heel lang.
Ze komt achter het bord vandaan.
En ze gaat bij de ingang op de uitkijk staan.
Er gaan veel mensen naar buiten, andere mensen
komen naar binnen.
Jorien ziet ook de mensen die ze binnen heeft zien
komen.
Die gaan nu weer met hun winkelwagen vol spullen
naar buiten.
Het wordt steeds drukker in de bouwmarkt.
Maar haar ouders komen niet terug.
Jorien is alleen.

HOOFDSTUK 2

Tijd voor een bad

Jorien loopt over de lange gangen van de bouwmarkt.
Ze ziet honderden badkamerspiegels, kastdeuren,
emmers met verf.
Haar ouders en haar broertje zijn weg.
Wat zal ze nu eens gaan doen?
Ze gaat zich niet meer verstoppen.
Stel je voor dat iemand van de winkel haar vraagt
wat ze aan het doen is.
En zij zit gehurkt tussen de dozen met tuinlampen.
Dat zou pas stom zijn!
Jorien slentert maar wat rond.
Wat is die winkel groot, zeg.
Zo groot, en dan alleen maar saaie spullen.

Een jongen loopt langs Jorien.
Hij grijnst naar haar.
Ze heeft hem vandaag al eerder gezien.
Ze zat toen tussen de verfblikken.
Jorien ziet dunne bruine haartjes op zijn bovenlip.
Later komt daar vast een echte snor.
Op de wangen van de jongen zitten rode pukkeltjes.
Een oud, vies rugzakje hangt over zijn schouder.
Wat een griezel, denkt Jorien.
Snel kijkt ze de andere kant op.

Jorien loopt weer terug naar de badkamerafdeling.
Ze kijkt over haar schouder.
Gelukkig, die griezel is weg.
Aandachtig bekijkt Jorien zichzelf
in een van de badkamerspiegels.
Ze bestudeert haar neus.
Gelukkig, geen puist vandaag.
Ze drukt haar neus tegen het glas.
Nu zit er een vettige vlek op de spiegel.
Dan kijkt Jorien in de spiegel naar haar tanden.
Ze heeft een wit stukje taaie kauwkom in haar mond.
Er zit geen smaak meer aan.
Gauw doet Jorien het spiegeldeurtje van een
badkamerkastje open.
Ze legt de uitgekauwde kauwgom erin.
Dan klikt het deurtje weer dicht.
Ze kijkt om zich heen.
Gelukkig heeft niemand haar gezien.

Pfff, wat is het hier duf zeg.
Jorien heeft echt wel wat leukers te doen,
op haar vrije zaterdag.
Wat denken haar ouders eigenlijk wel?
Dat ze haar hier zomaar de hele dag kunnen
laten zitten?
Gebeurde er maar wat.
Jorien gaat op de rand van een badkuip zitten.
Het is een bad met gouden pootjes eronder.
Leeuwenpootjes zijn het.
Het lijkt oud, maar dat is het niet.
Dan krijgt Jorien een idee.
Even denkt ze na.

Dan laat ze zich in de lege badkuip glijden.
Haar schoenen legt ze op de rand.
De kralen in haar haar tikken tegen de andere rand.
Wat is dat eigenlijk hard en koud, zo'n bad zonder water.
Jorien voelt de badkuip tegen haar botten aan.
Ze doet haar ogen dicht.

Ze doet alsof ze thuis in bad ligt.
Lekker opgesloten in de warme badkamer.
Ze fantaseert dat haar broertje schreeuwt.
En dat haar moeder roept: 'Jorien? Kom je opruimen?!
Joriehien!'
Maar zij ligt in een warm bad.
Tenminste, ze doet alsof.
Met haar oren onder water.
Dan hoort ze bijna niets.
Zo ligt Jorien daar, in de bouwmarkt, heel lang.
Ze weet niet meer of het ochtend, middag of avond is.
'Lig je lekker?' klinkt het opeens.
Geschrokken doet Jorien haar ogen open.
Ze kijkt naar het dunne snorretje boven een
breed lachende mond.
Ze ziet het pukkelige gezicht van de griezel.

HOOFDSTUK 3

De bevrijder

De mond met de snor grijnst weer naar haar.
Jorien ziet grote witte tanden.
De jongen heeft een petje op.
Er komen gekrulde vlechtjes onderuit.
De jongen heeft dreads.
De vlechten zijn echt, ziet Jorien.
Dat is wel cool.
'Vind je dat normaal?' vraagt de jongen.
Jorien komt overeind. 'Eh... watteh?'
'Dit hier. Vind je dit normaal?' zegt de jongen.
Hij houdt zijn vingers voor haar neus.
Tussen zijn duim en wijsvinger zit een
wit stukje uitgekauwde kauwgom.
'Eh... nee, sorry.
Ik zag geen vuilnisbak,' antwoordt Jorien.
'Tuurlijk niet,' zegt de jongen.
Hij stopt het stuk kauwgom in zijn mond
en begint erop te kauwen.
Jorien staart hem aan.
Getver, wat een smeerlap, denkt ze.

Ze wil weg hier.
Weg uit dat bad, weg uit die winkel.
Waar blijven haar ouders nou?
Mopperend komt ze overeind.

'Wat doe je hier, zo lang?' vraagt de jongen.
'Je loopt hier al uren rond.'
Zijn stem klinkt nu iets vriendelijker.
'Ik wacht op mijn vader en moeder,' antwoordt Jorien.
'Waarom vraag je dat?
Loop je steeds achter me aan of zo?
Ben jij soms van de beveiliging?'
'Ik?' lacht de jongen.
'Welnee. Ik ben van de bevrijding.'

'Hoe bedoel je?' vraagt Jorien.
'De bevrijding van wat?'
'Nou gewoon,
van rare meiden uit badkuipen bijvoorbeeld,'
antwoordt de jongen vrolijk.
Hij trekt Jorien aan haar arm omhoog tot ze
naast hem staat.
'Waar zijn je ouders dan?' vraagt hij.
'Waarom moet je zo lang op ze wachten?'
Jorien twijfelt.
Zal ze antwoord geven?
Dan zegt ze:
'Ze hebben me gewoon, eh,
nou ja, eh,
even hier gelaten.
Gewoon.
Wat gaat jou dat allemaal aan, eigenlijk?'
'Niks,' antwoordt de jongen.
'Nou dan. En wat doe jij hier?' vraagt Jorien.
'Gereedschap kopen.
Niet dat het je wat aangaat natuurlijk,' zegt de jongen
met een knipoog.

Hij laat de inhoud van zijn vuile rugzakje zien.
Jorien ziet een nijptang, een breekijzer, een zaag,
een hamer en nog meer.
Ze weet niet waar al die dingen voor zijn.

'Wat ga je daarmee doen?' vraagt ze nieuwsgierig.
'Met die kauwgom?
Gewoon, lekker de hele dag op kauwen.'
Jorien probeert boos te kijken.
'Geintje!' zegt de jongen gauw.
'Dat gereedschap heb ik nodig voor mijn werk,
als bevrijder.'
'Je werk, ja hoor. Echt niet.
Je zit nog op school, dat zie ik heus wel,' zegt Jorien.
'Klopt,' antwoordt de jongen.
'Het is meer een soort bijbaantje.
Natuurlijk ga ik ook nog naar school.
Maar nou ga ik betalen, hoor.
Want ik moet naar huis.'

De jongen loopt over het middenpad naar de kassa.
Hij neemt grote stappen.
Jorien holt achter hem aan.
Ze wil niet weer alleen in die winkel achterblijven.
En ze is wel nieuwsgierig naar die vreemde jongen.
Dan staan ze samen zwijgend in de rij voor de kassa.
Het is net alsof ze elkaar al jaren kennen.
Als hij het gereedschap heeft betaald,
doet de jongen alles weer in zijn rugzak.
'Wat voor bijbaantje heb je dan?' vraagt Jorien.
'Wil je het echt weten?

Dan moet je meekomen.
Als het van je ouders mag natuurlijk.'

Jorien aarzelt.
Ze kent die jongen helemaal niet.
Waar woont hij?
Hoe moet ze weer thuis komen?
En vinden haar ouders het wel goed, als ze zomaar
meegaat?
Ach...
Dan hadden ze haar maar niet moeten dwingen
om mee te gaan naar de bouwmarkt.
Dan hadden ze haar maar niet achter moeten laten.
En dan hadden ze haar maar een mobiel moeten geven.
Dan had ze haar ouders nu kunnen bellen
om te vragen of ze mee mocht, met die jongen.
Het is eigenlijk gewoon hun eigen schuld.
'Het is oké.
Ik hoef het niet te vragen,'
zegt Jorien dan.
En ze loopt achter de bevrijder aan, naar buiten.

HOOFDSTUK 4

Zweten

Het is fijn om weer buiten te zijn.
Gele en rode bladeren vliegen in het rond.
Het wordt herfst.
De bevrijder loopt voor Jorien uit naar een
grote bakfiets.
Die staat tegen de zijkant van de bouwmarkt.

Met een plof valt de rugzak in de bak.
'Klim er maar in,' zegt de jongen.
'Ik weet niet eens hoe je heet!' antwoordt Jorien.
'Thom. Niet dat het je wat aangaat.'
De jongen zegt het weer een beetje pesterig.
'O,' zegt Jorien. 'Ik heet Jorien.'
En dan, allebei tegelijk lachend:
'Niet dat het je wat aangaat natuurlijk!'
Het wordt vast toch nog een leuke dag, denkt Jorien.
Terwijl Thom de fietskettingen losmaakt, klimt ze
in de bak.

'Mijn huis is niet zo ver,' heeft Thom gezegd.
Hij fietst hard.
Onderweg zeggen Jorien en Thom niets tegen elkaar.
Ze rijden door een wijk waar Jorien bijna nooit komt.
Toch voelt het bekend.

Alles lijkt hier veel op haar eigen buurt.
Dezelfde soort fietspaden, dezelfde tuintjes.
En heel veel rijen met huizen.
Bij één van die rijen huizen gaat Thom langzamer rijden.
Hij rijdt met de bakfiets een steeg in.
Handig draait hij door één van de houten tuinpoorten
naar binnen.
Het past maar net.
Jorien klimt uit de bak.
Via een modderige achtertuin lopen ze naar
Thoms huis.

Binnen ligt een meisje op de bank televisie te kijken.
Ze is groter en ouder dan Thom.
Het meisje komt overeind.
'Wie is dat?' sist ze.
Ze kijkt Jorien niet aan.
'Hoi mam, hoi zus,' zegt Thom.
Nu pas ziet Jorien dat er nog iemand in de kamer is.
Aan een grote tafel zit een vrouw met grijs haar.
Ze heeft een leesbril op.
Om haar heen liggen stapels kranten en tijdschriften.
Op de hoek van de tafel staat een opengeklapte laptop.
Op de krant voor haar staat een kom soep.
De vrouw dompelt er een broodje in.
Ze kijkt Jorien glimlachend over haar bril aan.
Ze lijkt helemaal niet verbaasd dat Thom iemand heeft
meegenomen.
'Dag jongens!' zegt ze vriendelijk.
'Ook zin in soep?'
'Mam, dit is Jorien. Een vriendin van me.'
Jorien vindt het leuk dat hij haar zo noemt.

Maar Thoms zus zegt:
'Tssssss! Thom!
Wat heb je nou bij je?
Jij zou jouw deel van onze opdracht doen.
Maar je komt terug met een klein kind!'
Jorien durft niks te zeggen.
Ze voelt zich opeens niet op haar gemak.
Haar wangen gaan ervan gloeien.
Klein kind!?
Wat denkt die griet wel.
En over wat voor opdracht heeft ze het eigenlijk?

Jorien kijkt naar de grond.
Gelukkig hoort ze Thoms stem.
'Jorien is geen klein kind, ze is cool.
En ik heb mijn deel van de opdracht heus wel gedaan.'
Hij houdt de rugzak met gereedschap hoog in de lucht.
'Hmpf,' zucht het meisje.
'Jorien, dit is Rixt,' doet Thom zijn best.
Rare naam, Rixt, denkt Jorien.

Jorien loopt achter Thom aan naar de kapstok.
Ze hangt haar jas op.
Samen gaan ze aan de tafel vol papieren zitten.
Thoms moeder legt de kranten en tijdschriften
op een grote stapel.
Nu is er ruimte voor twee kommen soep.
Die moeder is gelukkig wel aardig, denkt Jorien.
En ze heeft dezelfde computer als haar moeder.
'Smakelijk eten!' zegt Thom.
Hij haalt een vies grijs bolletje uit zijn mond.

Hij wil het aan Jorien geven.
Jorien ziet meteen dat het haar uitgekauwde
kauwgom is.
Bah, dat heeft hij nu pas uit zijn mond gehaald!
Moet ze dat nu echt aanpakken?
Gelukkig gooit Thom het gauw in de prullenbak.
Slurpend begint hij aan zijn soep.
Jorien gaat ook eten.

'Jorien gaat vanavond ook mee,'
zegt Thom, als zijn kom leeg is.
Vanavond? denkt Jorien.
Waar gaan ze naartoe?
En haar vader en moeder?
Zouden die haar niet zoeken nu, in de bouwmarkt?
Jorien wordt een beetje zenuwachtig.
Ze voelt hoe ze begint te zweten.
Hoe moet ze eigenlijk thuiskomen, vanaf hier?
Ze weet de weg niet.
Ze is nog nooit in deze wijk geweest.

Het lijkt wel alsof Thoms moeder gedachten kan lezen,
want ze vraagt:
'Weten je ouders eigenlijk dat je hier bent, Jorien?'
'Eh, ik geloof het niet, nee!' antwoordt Jorien.
Haar wangen worden nu nog roder en warmer.
'Dat is niet nodig, mam.
Ze hoefde het niet te vragen,' zegt Thom.
'Doe niet zo raar, Thom,' zegt Thoms moeder.
'Natuurlijk moet je het vragen, Jorien.
Ik wil dat je meteen even naar huis belt.'

Thom schuift zijn mobiele telefoon over de tafel
naar Jorien.
Zij pakt hem aarzelend op.
Wat zou haar moeder zeggen?
vraagt ze zich af.
En haar vader, zou hij erg boos zijn?
Ze wil nog helemaal niet naar huis!
Als haar ouders erg kwaad zijn,
mogen Thom en zijn moeder dat niet weten.
Ze laat gewoon niets merken.
Maar ze voelt zich heel ongemakkelijk.
Haar handen voelen klam.
Heel langzaam toetst Jorien het nummer
van haar ouders in.

HOOFDSTUK 5

Paniek

De telefoon gaat maar één keer over.
Joriens moeder neemt meteen al op.
'Met mevrouw Bari?' klinkt een zacht
bibberend stemmetje.
'Hoi mam!'
'Jorien! Waar zit je in hemelsnaam?!' roept haar moeder.
'Papa is je overal aan het zoeken!'

'Ik ben bij Thom,' zegt Jorien.
Ze probeert haar stem zo normaal mogelijk
te laten klinken.
'Thom?
Welke Thom?
Ik ken helemaal geen Thom!' schreeuwt haar moeder.
'Waar woont die jongen?
De bewakingscamera's hebben je samen
met een jongen gefilmd!
Is dat hem?
We hebben de politie al gebeld!
Geef me het adres van die jongen, dan komt
papa je halen.
Waarom ben je eigenlijk bij die bouwmarkt weggegaan?!'

Oei. Dit gaat helemaal fout.
'Thom is een vriend van me,' antwoordt Jorien.

'Ik kom later wel naar huis, mam.'
'Nee, ik wil dat je nu komt!
We zijn zo geschrokken!
Waarom blijf je dan ook niet gewoon bij ons,
als we boodschappen doen!
Wat ben je toch een moeilijke puber, af en toe!'

Jorien denkt snel na.
De moeder van Thom mag niet merken
dat haar moeder boos en ongerust is.
Want dan stuurt ze haar vast meteen naar huis.
En Jorien wil niet naar huis.
Niet naar haar boze vader.
Niet naar haar gillende moeder.
Ze wil hier blijven.
Bij die gekke Thom en zijn aardige moeder.

Daarom zegt Jorien kalm in de telefoon:
'Oké mam.
Ik bel je nog wel hè, als ik naar huis kom.'
'Nee Jorien, je komt nu!
Ik vertrouw dit helemaal niet!' roept haar moeder.
Jorien haalt diep adem.
Dan zegt ze met een heel rustige stem:
'Goed mam...
Ja, ik hou ook van jou...
Het kan wel laat worden vanavond, hoor.'

'Jorien, alsjeblieft!
Zeg me dan in ieder geval waar je nu bent!
Heeft die vent je meegenomen?
Ben je gewond?

Word je goed behandeld?
Luistert hij je soms af, nu?
Zit je opgesloten?'
Haar moeder reageert echt overdreven, vindt Jorien.
Terwijl dat toch nergens voor nodig is.
Ze laat zich heus niet zomaar ontvoeren.
Als haar moeder dat soms denkt.
Ze kan best voor zichzelf zorgen.

Nu moet ze heel goed opletten wat ze zegt.
Thom en zijn moeder mogen niks merken.
'Is goed mam,' zegt Jorien dan.
'Kus!'
'Zie je nou wel!' gilt haar moeder
aan de andere kant van de lijn.
'Ik wist het!
Je bent ontvoerd!
Je mag niets zeggen!
De politie moet je zoeken!
Nu, meteen!'
Jorien houdt haar hand een beetje voor de telefoon.
Zo kunnen Thom en zijn moeder niets van haar
moeders geschreeuw horen.
'Oké dan mam. Laterrrrrr.'
En voor haar moeder iets terug kan zeggen
drukt Jorien op het toetsje met de rode telefoon.

'Ziezo,' zegt Jorien glimlachend.
Ze voelt zich nu niet meer zo zenuwachtig.
'Alles is oké.
Is er nog soep?
En wat gaan we eigenlijk doen, vanavond?'

HOOFDSTUK 6

Harige Harry

Als de soep op is, zegt Thom:
'Kom, we gaan naar boven. Filmpje kijken.'
Jorien kijkt hem vragend aan.
Maar Thom staat al op en loopt naar de gang.
Jorien gaat achter hem aan.
Snel kijkt ze nog even naar Rixt.
Die ligt nog steeds chagrijnig op de bank.
Ze kijkt naar haar nagels.

Thom loopt voor Jorien uit naar zijn kamer.
'Let maar niet op de zooi,' zegt hij als ze boven komen.
Maar dat is onmogelijk.
Jorien heeft nog nooit zoveel troep in zo'n klein
kamertje bij elkaar gezien.
Een PlayStation ligt half onder een berg kleren.
Twee grote speakers worden als tafel gebruikt.
Daarbovenop staan allemaal vieze glazen.
Overal liggen boeken.
Schoolboeken, biebboeken, stripboeken.
Een printer in een kast, met daaronder een berg papier.
Een hoop dekbedden en een plat kussentje op een
matras.
Aan het voeteneind staat een televisie.
Daarachter liggen allemaal kabels.
Die zijn van een dvd-speler en een computer.

Jorien zet een grote stap om over de berg kleren
heen te komen.
Dan glijdt ze uit over een stuk papier.
Ze landt met een voet in een kattenbak.
Die knalt tegen een overvol bureau aan.
Jorien haalt haar voet uit de kattenbak en snuift.
Er hangt een vieze geur in de kamer.
Het doet haar denken aan haar konijnenhok, thuis.
Als ze dat hok niet op tijd schoonmaakt,
stinkt het net zo.

Op hetzelfde moment strijkt er iets langs haar been.
Nu begrijpt Jorien waarom ze aan haar konijn moest
denken.
Twee kleine zwarte oogjes kijken haar indringend aan.
'Ieieieieie!' gilt ze.
Maar ze wil niet dat Thom haar een aanstelster vindt.
Daarom zegt ze: 'Grapje!
Ik wist niet dat je een rat had.'
'Dat is geen rat,' zegt Thom.
'Het is een fret. Hij heet Harige Harry.'
'O, een fret dan,' zegt Jorien.

'Hij lijkt wel precies op een rat.
Met zo'n lange staart en zo.
Alleen heeft jouw Harige Freddie een beetje
een rare vorm.
Is ie soms mislukt geboren of zo?'
'Harry,' zegt Thom.
'Hij heet Harige Harry. Geen Freddy.
Een rat is een knaagdier.

Een fret is een roofdiertje.
Maar het is ook een huisdier.
Al wel duizend jaar houden mensen fretten in huis.
Het zijn tamme beestjes.
Ze kunnen niet in het wild leven.'

Met een paar grote stappen springt Thom achter
Harige Harry aan.
Hij grijpt het diertje en brengt het naar Jorien.
'Net op tijd, hij wilde net met de snoeren gaan spelen,
geloof ik.'
'Waarom zit ie niet in een kooi?' vraagt Jorien.
'Ik stop jou toch ook niet in een kooi,' antwoordt Thom.
'Hij loopt het liefst los.
Maar mijn moeder vindt 'm eng.
Daarom mag hij niet uit mijn kamer.
Echt zielig.
Als ik later een zoon heb, krijgt hij ook een fret.
Die mag dan gewoon door het hele huis lopen.
Kan ie nog eens een muis wegjagen of zo.'

Jorien kijkt hoe Thom Harige Harry rustig aait.
Harig is ie wel, die Harry.
Nu ziet ze dat hij geen kale staart heeft, zoals een rat.
Het is meer een soort pluim.

Over Thoms arm heen kijken Harry's oogjes Jorien
onderzoekend aan.
'Dit is nog een jonkie, nog maar een jaar oud of zo,'
zegt Thom.
'Van een vriendin van Rixt gekregen.
Rixt heeft er ook één.

Die fret van haar komt uit een ander nest denk ik;
die is groter.
Soms zetten we ze bij elkaar.
Dan hebben ze wat gezelschap.'

'Wat gaan we nu doen?' vraagt Jorien ongeduldig.
'O ja. Ik zou je nog dat filmpje laten zien,'
antwoordt Thom.
Hij laat Harige Harry over zijn schouder glijden.
Het beestje nestelt zich in de capuchon van Thoms vest.
Thom zoekt het filmpje op zijn computer.

HOOFDSTUK 7

Filmpje

'Hebbes,' zegt Thom.
Hij heeft de film die hij zocht gevonden.
Hij zet hem aan en gaat op zijn bed zitten.
'Kom erbij.'
Jorien gaat nieuwsgierig naast hem zitten.
Het filmpje begint.

Het is geen normale film.
Iemand heeft zelf opnames gemaakt.
Jorien weet niet goed wat ze ziet.
Ze kan het ook niet zo goed zien.
Het zijn beelden die in het donker zijn gemaakt.
Met een mobiele telefoon.
Vaag ziet Jorien planten, bomen en gras
op het computerscherm.
Een paar stemmen praten, zachtjes.
Jorien kan het niet verstaan.
Ze kruipt wat dichter naar het scherm.

Op het scherm wordt vaag een gebouw zichtbaar.
De persoon met het mobieltje loopt erop af.
De mensen zwijgen nu.
Het is helemaal stil.
Dan hoort Jorien een zacht knerpend geluid.
Het geluid van schoenen

die over een paadje met stenen sluipen.
Dan ziet ze beelden van lange rijen met kleine kooien.
De persoon die filmt, loopt erlangs.
Het aantal kooien is niet te tellen.
De camera stopt bij één van de kooitjes.
Twee glinsterende oogjes kijken
in de lens van de camera.

Jorien ziet een klein diertje.
Zijn vacht lijkt witgroen.
De kooi is klein.
Het beest kan zich bijna niet bewegen.
Jorien kijkt naar Thom.
Harige Harry is uit Thoms capuchon gekropen.
Thom houdt 'm stevig in zijn armen.

'Alles oké?' fluistert een stem uit de computer.
'Yep,' klinkt het antwoord.
'Maar dit is niet oké. Shit man, wel honderd kooien.
Het zijn er nog meer dan ik dacht.'
'Aan de slag dan.'

Er klinkt een zachte plof.
Een tas wordt op de grond gezet.
Iemand pakt gereedschap uit de tas.
Tangen, een ijzerzaagje, een grote ijzerknipper.
Nog een tang.
Dan gaat het snel.
De tangen knippen het draadgaas van de kooien open.
Handen buigen de prikkende uiteinden van het gaas
voorzichtig opzij.
Piepend springen de beestjes naar buiten.

Er wordt hard gewerkt.
Kooi na kooi wordt opengemaakt.

De beestjes die zijn bevrijd, vluchten alle kanten op.
Ze wachten niet op elkaar.
Ze rennen over het paadje.
Dan verdwijnen de dieren in het donker over het veld.
Zenuwachtig bewegen de andere dieren achter het gaas.
Alsof ze weten dat zij ook snel bevrijd zullen worden.
De hand met de tang knipt in hoog tempo
alle kooien open.
'Klaar?' klinkt de gedempte stem, na een paar minuten.
'Yep,' is het antwoord weer.
'Laten we maken dat we wegkomen dan.'

Dan is het filmpje afgelopen.
Thom zet de computer uit.
'Heb je Harige Harry daar vandaan?' vraagt Jorien.
'Nee, natuurlijk niet,' antwoordt Thom een beetje
knorrig.
'Je zag hier een nertsenfokkerij.
Dat is een boerderij waar nertsen worden gefokt.'
'Maar het waren wel fretten, toch?' houdt Jorien vol.
'Het waren nertsen,' zegt Thom.
'Ze lijken wel op fretten, maar het waren nertsen.'
'Ze worden gefokt om hun vacht, die is heel zacht.
Van die vacht worden bontjassen gemaakt.
Mensen betalen veel geld voor zo'n jas.
Maar nertsen zijn wilde dieren.
Die horen niet in een kooi, zoals op zo'n fokkerij.
Die horen vrij te zijn.
Dan kunnen ze jagen.

En een hol graven.
En lekker rondrennen.
Ze zullen nooit kunnen wennen aan een kooitje.
Daarom laten we ze vrij.'
'We?' vraagt Jorien.
'Wie, we?'
'Gewoon, we. Rixt, ik en nog wat mensen.
Niet dat het je wat aangaat. Doe je mee?'

HOOFDSTUK 8

Het besluit

Jorien denkt na.
Over wat ze zag op het filmpje.
Over die zielige nertsen in hun kleine kooitjes.
Over hoe blij ze uit hun hokjes sprongen.
Over die vreemde Thom, die met Harige Harry
zit te spelen.
En over zijn aardige moeder.
Heel even denkt ze aan Rixt, die beneden
op de bank ligt.
Nog korter denkt Jorien aan het telefoongesprek
met haar moeder.
Zo kort mogelijk.

'Wanneer?' vraagt ze dan aan Thom.
'Vanavond, dat had ik toch beneden al gezegd?
We gaan als het donker wordt, om een uur of zes.'
'Maar er zijn toch helemaal geen boerderijen met
nertsen, hier in de buurt?
Ik heb nog nooit zoiets gezien tenminste,' zegt Jorien.
'Natuurlijk niet,' zegt Thom.
Denk je nou echt dat zo'n dierenbeul een groot bord
op zijn hek zet?
Met *Nertsenfokkerij* erop?
Hij weet zelf heus wel dat ie fout bezig is.
Dus houdt ie het geheim.

Soms lijkt het net een veehouderij
of een bloemenkwekerij.'

'Gaat Rixt ook mee?'
'Zij gaat vooruit, om te kijken of alles rustig is daar.
We weten het adres wel.
Maar we hebben het terrein nog niet verkend.
De eigenaar en zijn gezin zijn er vanavond niet.
Dat hebben we al uitgezocht.
Ze hebben een avondje op de golfclub of zo.
Als het goed is hebben we geen last van hen.
Maar Rixt gaat toch even kijken.
Als er wat mis is, belt ze me op mijn mobiel.
Misschien loopt er toch nog iemand rond.
Dan moeten we onze actie uitstellen.
Als alles oké is dan belt ze niet.
Wij komen iets later bij de nertsenfokkerij aan.
En dan gaan we aan het werk.'
'Als bevrijders...' mompelt Jorien.

Jorien vindt het superspannend.
Ze weet dat ze dit nooit zou mogen van haar ouders.
Haar moeder is natuurlijk ongerust.
Maar die stelde zich net wel enorm aan.
Ze is heus geen moeilijke puber!
Haar ouders doen zelf gewoon moeilijk!
Wanneer begrijpen ze dat nou eens?
En iemand moet Thom toch helpen bij zijn
bevrijdingsactie?
Hij heeft de moeite gedaan om haar mee naar huis
te nemen.
En om het filmpje te laten zien...

Het is vast verboden om die kooien zomaar
open te maken.
Dus Thom vertrouwt haar.
Anders had hij dat filmpje toch niet laten zien.

Het zou heel stom staan als ze nu zou stoppen.
En straks worden er bontjassen van die beestjes
gemaakt.
Voor rijke dames.
Om in de winter warm te blijven.
Dat is een afschuwelijk idee.
Maar haar moeder dan?
Moet ze die niet toch nog even bellen?
En wat zei die nou ook alweer over haar vader?
Iets over de politie?
Iets over een zoekactie?

'Nou? Doe je mee of niet?' zegt Thom opeens.
Harige Harry zit nu op zijn hoofd, ziet Jorien.
'Ik doe mee.'
Jorien is verbaasd als ze het zichzelf hoort zeggen.

HOOFDSTUK 9

Rixt

Jorien en Thom hangen nog wat rond
in de kamer van Thom.
Thom zet de PlayStation aan voor Jorien.
Ze gaat even lekker zitten racen.
Af en toe kijkt ze even naar haar nieuwe vriend, Thom.
Die is druk bezig met de verzorging van Harige Harry.
Zou het leuk zijn om een fret te hebben?
vraagt Jorien zich af.
Het lijkt haar wel cool.
In ieder geval leuker dan zo'n konijn.
Een konijn heeft ze zelf thuis.
Dat is duf.
Thom geeft Harige Harry vers water.
Dan doet hij iets in een bakje.
Het lijkt op kattenvoer.
Het beestje eet het meteen op.

Dan klinkt er een harde bons op de deur.
En meteen verschijnt het hoofd van Rixt.
'Tijd voor actie?' zegt ze.
'Jahaa, we gaan zo. Straks, toch?' antwoordt Thom.
'Gaat dat kind ook mee?' vraagt Rixt.
Rixt bedoelt Jorien.
Wat een onaardige griet is dat toch, denkt Jorien.

Hoe kan zo'n leuke jongen nou
zo'n chagrijnige zus hebben?

'Ja, natuurlijk gaat Jorien mee,' zegt Thom.
'Ze weet er al van. Ze is cool.'
'Hmpf,' mompelt Rixt.
Met een knal gaat de deur weer dicht.

Het kost Jorien moeite om niets te zeggen.
Ze wil niet met die zus op pad.
Ze wil gewoon met Thom gaan, alleen.
Weer lekker samen in de bakfiets.
En dan zielige dieren bevrijden.
Dat lijkt haar wel wat.
Niet met die stomme Rixt.
Ze is blij dat die eerder gaat.
Dan heeft ze daar tenminste geen last van.
Voorlopig.

Ze kijkt naar Thom.
Die zit alweer met Harige Harry te spelen.
Ze ziet hoe hij vanachter zijn dreads naar haar gluurt.
De vlechtjes hangen voor zijn gezicht.
Gauw kijkt Jorien de andere kant op.
Dan zegt Thom opeens: 'Maak je niet druk.
We fietsen toch niet met Rixt samen!'
Zou hij weten waar ze aan dacht?
'Wij gaan ongeveer een half uur na haar weg,'
gaat Thom door.
'En we nemen het gereedschap mee, met de bakfiets.'

'Mag het wel van je moeder?' vraagt Jorien.
Op hetzelfde moment heeft ze spijt van wat ze zei.
Waarom zei ze dat nou!
Nu vindt Thom haar vast heel kinderachtig.
Maar Thom antwoordt: 'Mijn moeder is tegen
onze acties.
Ze vindt bontjassen wel fout.
Maar ze vindt dat we handtekeningen moeten ophalen.
En dat we die dan aan die nertsenfokkers
moeten sturen.
En aan de bontwinkels.
Of aan de minister van Landbouw, of zoiets.
Maar wij weten wel zeker dat zo'n softe actie niks helpt.
En mijn moeder vindt dat we zelf moeten nadenken.
Over wat we doen in ons leven.
Nou, dat doen we dus!
En zo hebben we een tijdje geleden besloten
om dit te gaan doen.
Wij zijn nog best aardig.
We zouden die fokkerijen ook kunnen platbranden.
Maar we bevrijden alleen die nertsen.
Daar mogen ze blij om zijn, die dierenbeulen.'

Jorien luistert stil.
Ben je aardig, omdat je iemands boerderij niet
platbrandt?
Brandstichten is gevaarlijk.
Hokjes openbreken niet?
Toch?
Maar kunnen die nertsen eigenlijk wel zelf eten vinden?
Als ze opeens vrij rondlopen?

En zouden ze niet onder een auto lopen?
Jorien weet het niet.
Maar ze wil niet weer gaan twijfelen.

'Hoe laat gaan we nou ook alweer?'
vraagt ze dan maar.
'Om zes uur.
Als het bijna donker is.'

HOOFDSTUK 10

Klaar voor vertrek

Jorien racet nog even verder op de PlayStation.
Thom loopt druk op en neer.
Hij stopt het breekijzer, de zaag, de hamer
en de nijptang in een weekendtas.
Daarna holt hij de zoldertrap op.
Hij komt met nog meer gereedschap terug.
Dat gaat er ook bij.
Thom haalt een papiertje uit zijn broekzak.
Jorien ziet dat er een adres op staat.
Thom leest het adres en stopt het briefje weer
diep in zijn zak.
Een minuut later pakt hij het weer en
stopt het weer terug.
Hij is zenuwachtig.

Tussen de rommel zoekt Thom naar een kaart.
Onder de boeken vindt hij de kaart
van de omgeving.
Hij legt de kaart opengevouwen op de grond.
Hij zoekt waar ze moeten zijn.
Daar zet hij een groot rood kruis bij.
Het is een eindje buiten de stad.
Netjes vouwt hij de kaart weer op.
Hij schuift hem in een zijvak van zijn tas.

Wel drie keer kijkt hij of zijn mobieltje goed in de
oplader zit.
En of hij geen oproep gemist heeft.

Jorien zit nog steeds op de PlayStation, in een raceauto.
Ze probeert in het spel te ontsnappen aan de andere
raceauto's en aan de politie.
Ze heeft al veel punten.
Maar af en toe vliegt ze uit de bocht.
Dan kijkt ze wat Thom allemaal aan het doen is.
En dan let ze even niet goed op.
Maar Thom kijkt niet naar haar.
Hij loopt de kamer weer uit, naar beneden.
Hij komt terug met een grote koek in zijn hand.
Er is al een hap uit.
Dan ziet hij Jorien zitten.

'O, eh, wil je ook een koek?' vraagt hij.
Het is alsof hij vergeten was dat zij ook
in zijn kamer zat.
Jorien is zenuwachtig geworden.
Wat gaan ze doen?
Ze heeft nu echt geen trek.
'Nee, dank je. Is het al zes uur?' vraagt ze.
Thom pakt zijn telefoon en kijkt.
'Yep, bijna.
En Rixt heeft niet gebeld, dus alles moet in orde zijn.
Kom, we gaan.'

Thom hangt de weekendtas over zijn schouder.
Hij heeft nog steeds een afwezige blik in zijn ogen.
Het lijkt alsof hij met zijn gedachten ergens anders is.

46

Dan pakt hij Harige Harry voorzichtig op.
En laat hem in zijn capuchon glijden.
Bonkend loopt hij de trap af.
Jorien doet de PlayStation uit.
Vlug rent ze achter Thom aan naar beneden.

Als Jorien beneden komt staat Thom al in de tuin.
Hij heeft zijn pet opgezet.

HOOFDSTUK 11

Zwaailichten

Jorien vindt het wel stoer om weer in de bakfiets
te zitten.
Naast haar staat de grote tas.
Het wordt al een beetje donker buiten.
Er klinkt een zoemend geluid.
Dat is de dynamo van Thoms fietslamp.
Het waait en het is koud.
Jorien merkt het niet.
Ze is zo opgewonden!
Het is zo spannend!
Zou het moeilijk zijn om het gaas door te knippen?
Zou ze dat wel kunnen?
En wat als er bij die nertsenfokkerij een hond is,
die gaat blaffen?
En wat als ze betrapt worden?

Thom heeft nu al tien minuten nauwelijks iets gezegd.
Dat kan hij ook bijna niet.
Hijgend trapt hij de zware bakfiets tegen de wind in.
Jorien kijkt naar hem.
Ze vindt Thom eigenlijk wel stoer.
'Weet je het nog steeds zeker?' roept Thom opeens
naar haar.
'Wat? Eh ja, tuurlijk!' antwoordt Jorien.
'Je hoeft niet mee hoor!

Ik kan je ook bij de bushalte afzetten als je liever
naar huis gaat!'
De bushalte, denkt Jorien.
Dat zou een mega-afgang zijn.
Ze weet niet eens welke bus ze zou moeten nemen.
Haar ouders brengen haar altijd met de auto,
als ze in een andere wijk moet zijn.

Opeens herkent Jorien de route.
Ze fietsen dezelfde weg als vanmiddag.
Maar nu in omgekeerde richting.
'Is die nertsenfokkerij vlakbij de bouwmarkt?'
roept Jorien verbaasd.
Thom trapt hard op zijn rem.
Midden op het fietspad staan ze stil.
Thom buigt zich voorover.
Zijn dreads hangen vlakbij Joriens gezicht.
Opeens ziet Jorien dat dunne snorretje weer.
Harige Harry gluurt over Thoms schouder.

'Kan het nog harder?
Moet de hele stad het horen of zo?' zegt Thom.
Opeens voelt Jorien zich ellendig.
Ellendig omdat ze Thom boos heeft gemaakt.
En ook omdat het zo spannend is, allemaal.
Was het wel zo'n goed idee om mee te gaan?
Jorien zegt: 'Ik wist het niet.
Ik bedoel, ik was het even vergeten.
Ik dacht er niet over na, dat het geheim moet blijven.'
'Voortaan wel nadenken graag.
Want ik heb geen zin in problemen,' zegt Thom.

Thom trekt zijn petje wat strakker op zijn hoofd.
Hij gaat weer op het zadel zitten.
Langzaam krijgt hij de bakfiets weer in beweging.
Jorien voelt zich een beetje verdrietig,
na wat er is gebeurd.
Thom is nu toch wel wat minder aardig dan vanmiddag,
vindt ze.
Hij is zeker ook zenuwachtig.
Nou, ze zal nu beter opletten.
Ze wil hem niet nog een keer boos maken.
Voortaan houdt ze haar mond.

Zwijgend fietsen ze door.
Na een poosje komen ze langs de bouwmarkt.
Wat lijkt het lang geleden, dat ze daar was!
Jorien kijkt naar de parkeerplaats voor de bouwmarkt.
Dan schrikt ze.
Over de parkeerplaats flitst een blauwachtig licht.
Voor de ingang van de bouwmarkt staan
twee politieauto's.
Één heeft een zwaailicht aan.
Er staan veel mensen om de politieauto's heen.
Verderop staat een soort grote bus op de parkeerplaats.
Daarbovenop staat een satellietschotel.
Het zwaailicht glijdt over de bus.
Jorien leest wat er op de bus staat: RTL 9.
En daaronder, in grote letters: *Vind dat kind!*

Dat is een televisieprogramma.
Het gaat over verdwenen kinderen.
Die zijn dan weggelopen.
Of er is iets engs met hen gebeurd.

Ze proberen die kinderen terug te vinden.
Kijkers van het programma kunnen meehelpen.
Jorien heeft het programma wel eens gezien.
Met spannende muziek erbij lijkt het net een film.
Maar het is echt.
Jorien staart naar de zwaailichten.
'Hé, zie je die politieauto's? En die televisiebus?
Zeker wat aan de hand of zo!' roept Thom.

Jorien weet wel naar wie ze op zoek zijn.
Als ze daaraan denkt, voelt ze zich nog akeliger dan net.
Ze is bang dat Thom iets aan haar merkt.
Ze haalt diep adem en kijkt de andere kant op.
Thom trapt stevig door.
En Jorien probeert om niet aan haar ouders te denken.

HOOFDSTUK 12

Oproep gemist

Het wordt nu echt donker.
Jorien krijgt het een beetje koud in de fietsbak.
Thom rijdt langs allerlei woonwijken.
Ze gaan door fietstunnels onder drukke wegen door.
Die wegen staan vol met auto's op weg naar huis.
Allemaal vaders en moeders die uit de stad komen,
of uit de supermarkt.
Die gaan zo thuis koken.
Of ze hebben hun kinderen van voetbal of
muziekles gehaald.
Die kinderen gaan straks lekker even msn'en
of televisiekijken.
Jorien rilt.

Na een poosje rijden ze de stad uit.
Thom stopt onder een lantaarnpaal.
Hij haalt de kaart uit de tas.
Hij kijkt naar het rode kruis op de kaart.
'Even naar mijn telefoon kijken,' zegt hij dan.
En hij haalt zijn mobiel uit zijn zak.
'Hé, twee oproepen gemist.
Niet gehoord zeker, in die wind.
Nummer onbekend.
Ik zet hem wel even wat harder.'

Hij fronst zijn wenkbrauwen en zegt dan:
'Ik heb met Rixt afgesproken dat ik niet zou bellen.
Als er iets aan de hand is, belt zij mij.
Maar ik bel haar nou toch maar even.
Misschien is het één van de anderen,
die iets wil doorgeven.'

Jorien ziet Thoms duim over de verlichte toetsen gaan.
Hij zet de luidspreker van zijn telefoon aan.
Meteen sist de kattige stem van zijn zus Rixt
uit de telefoon.
'Wat is er, idioot?'
'Niks, zusje. Ik wou even zeker weten of alles oké is.'
'We hadden iets afgesproken,' roept Rixt boos.
'Ik zou je bellen als het niet door kon gaan.
Heb ik je gebeld?'
'Nee... maar...' probeert Thom.
'Nou dan. Ik kan nu niet praten.
De anderen zijn er al.
We wachten op jullie.'
De display van de telefoon gaat uit.
Het gesprek is afgelopen.

Thom steekt zijn mobieltje diep weg en vouwt
de kaart weer op.
Zijn handen trillen een beetje.
'Ben je zenuwachtig?' vraagt Jorien.
'Huh? Hoezo?
Ja, ik ben zenuwachtig.
Ik hoop dat alles wel goed zal gaan, ja,'
antwoordt Thom knorrig.
'Relax. Jullie hebben dit soort ... uhm... werk

toch al vaker gedaan?
Als bevrijders, bedoel ik?' vraagt Jorien.
Er is niemand in de buurt.
Toch let Jorien goed op dat ze niks verkeerd zegt.
Niemand mag merken wat ze van plan zijn.
'Eh nou, eigenlijk hebben we het nog niet
zo heel vaak gedaan,' antwoordt Thom.
'Niet dat het je wat aangaat trouwens.
Het is voor ons de allereerste keer,
dat we zo'n actie ondernemen.
Maar we hebben wel al veel op de computer gechat.
Met jongens en meiden die het ook doen.
Zij hebben ons ook dat filmpje gestuurd.
En zij hebben ons het adres gegeven
van die boerderij waar we nu heengaan.'

Jorien vraagt: 'Wie zijn dat dan, die jongens en meiden?
En waarom gaan ze zelf niet eh, je weet wel?'
'We weten niet wie ze zijn,' antwoordt Thom.
'Ik bedoel, we weten hun echte namen niet.'
Thom haalt een plastic zakje uit zijn jaszak.
't Maakt een beetje een ritselend geluid.
Onmiddellijk komt Harige Harry tevoorschijn.
Twee nieuwsgierige frettenoogjes kijken Jorien aan.
Thom doet of hij alle tijd heeft.
Rustig haalt hij wat kattenbrokjes uit het zakje.
Hij voert ze aan zijn fret.
Dan stopt hij het zakje weer weg.
Ik wou dat ik ook een fret had, denkt Jorien.
Misschien zou ze hem stiekem mee naar school
kunnen nemen.
Ze zou het tegen niemand zeggen.

En niemand zou hem zien.
Want hij zou zich lekker onder haar vest verstoppen.
Dan vertelt Thom weer verder.
'Mijn zus vond deze actiegroep op internet.
Daarna hebben we alles via msn en sms afgesproken.
Die actiegroep zoekt uit waar die fokkerijen staan.
En stuurt er dan mensen op af die in de buurt wonen.'
Jorien staart wat in het donker om zich heen.
Thom gaat alweer op de trappers van de bakfiets staan.
Langzaam begint de zware fiets weer te rollen.
Dus daarom is hij zo zenuwachtig, denkt Jorien.
Hij heeft het gewoon ook nog nooit meegemaakt!

HOOFDSTUK 13

Makkie

Thom trapt de bakfiets verder door de polder.
Jorien vindt het eigenlijk wel grappig.
Dit wordt Thoms eerste bevrijdingsactie.
Dan is het dus voor hen allebei de eerste keer!
Ze is meteen niet meer bang voor zijn boze buien.

Ze fietsen nog een kwartier.
Dan komen ze op een weg die Jorien herkent.
Er zijn grote huizen met verlichte kassen erachter.
Die kassen kleuren de donkere lucht oranje.
Ze ziet een boerderij, een schildersbedrijf en een stalling
voor caravans.
Die heeft ze toch wel eens eerder gezien?
Ze is al eens in deze buurt geweest!
Jorien weet nog wanneer dat was.
Haar vader bracht haar naar het feestje van Sam.

Sam is in groep acht bij Jorien in de klas gekomen.
Nu zitten ze samen in de brugklas.
Sam heet eigenlijk Samantha.
Ze heeft altijd dure kleren aan en is wel een halve kop
groter dan Jorien.
Haar ouders hebben een pluimveebedrijf,
heeft ze in de klas verteld.
Jorien begreep dat het een soort kippenboerderij was.

Toen ze op school paasontbijt hadden,
zou Sam de eieren meenemen.
Sam had twee doosjes eieren van Albert Heijn bij zich.
Die had ze gauw op weg naar school gekocht.
Ze waren nog niet eens gekookt.
Het waren dus geen verse eieren van de boerderij.
Sams ouders hielden dus zeker geen legkippen
op hun boerderij, dacht Jorien.
Maar kippen om op te eten.
Zouden opeetkippen geen eieren leggen?
En waarom eigenlijk niet?

Dat feestje was wel leuk geweest.
Jorien hoopte op een speurtocht over het terrein
van de boerderij.
Maar dat mocht niet van Sams moeder.
Ze hadden wel leuke spelletjes gedaan.
Toen ze daarmee klaar waren gingen ze met de hele klas
steengrillen.
Lekker, stukjes vis en vlees, maar geen kip.
En toen kwam er ook nog disco.
Het werd een heel laat feestje.
Jorien herinnert het zich allemaal nog precies.

Jorien voelt zich verdrietig, als ze denkt aan het
paasontbijt.
Aan dat leuke feestje, aan hoe haar vader haar
gebracht had.
Het was toen zo gezellig.
En nu zit ze hier in het donker.
Ze heeft het echt ijskoud.
Ze had nu best thuis willen zijn,

lekker warm aan tafel.
Zouden haar ouders erg boos op haar zijn?

'We zijn er bijna,' klinkt Thoms stem opeens.
Hij draait de bakfiets een breed zandpad op.
'Ben jij ook zenuwachtig?' vraagt hij.
Jorien knikt.
'Ja, eigenlijk wel. Een beetje.'
'Relax, geen zorgen,' stelt Thom haar gerust.
'Alles is goed voorbereid, en er is niemand thuis.
Dit wordt een makkie.'
Nou is Thom toch wel weer aardig, vindt Jorien.

Jorien kijkt eens goed om zich heen.
Ze komen langs een bordje met *Pas op voor de hond.*
Dat bord heeft ze wel eens vaker gezien!
Met die tekening van dat piepkleine poedeltje erop!
Joriens ogen worden groot.
Dat hek, die haag met die greppel...
Opeens weet ze het zeker.
Dit is het pad dat naar Sams huis gaat!

HOOFDSTUK 14

De andere bevrijders

De wielen van de bakfiets knarsen over het zandpad.
Jorien schrikt als er een steentje wegspringt onder de
achterband.
Een hond blaft in de verte.
Jorien is in de war.
Sam heeft nooit verteld dat haar ouders nertsen fokken!
Hoe kan dat nou!?
Zou Sam weten dat er wel eens acties zijn
om dieren te bevrijden?
Durfde ze misschien daarom niet te vertellen,
dat ze op een nertsenfokkerij woont?
Of mocht dat niet, van haar vader en moeder?
Of zou ze zich schamen?

Jorien weet het opeens heel zeker.
Ze doet niet meer mee.
Ze wil niet bij Sam de hokken openknippen.
Sam is aardig, en haar vader en moeder ook.
Daar springt weer een steen weg. Pang!
Wel zielig voor die Harige Harry-achtige beestjes.
Maar ze kan ze nu niet gaan redden, niet hier.
Hoe moet ze aan Thom vertellen
dat ze toch niet wil helpen?
Wat zou hij zeggen?

Thom is het lange pad afgefietst.
Het huis waar Jorien zo'n cool feestje had is al vlakbij.
'Hé, yo!' klinkt het opeens.
Thom remt af, en kijkt in de richting van het geluid.
Jorien volgt zijn blik.
In het donker ziet ze vaag een gebouwtje,
een soort schuurtje.
Vlak achter het schuurtje knippert een klein lampje.
Daar zit iemand verstopt!
Jorien klimt uit de bak.
Thom duwt de zware bakfiets in de richting
van het lampje.
Dat knippert nog een keer en blijft dan uit.

Thom zet de bakfiets aan de zijkant van de schuur.
Vanaf het pad kan je die nu niet meer zien.
Jorien pakt de grote tas met het gereedschap.
Ze geeft die aan Thom.
Samen lopen ze naar de achterkant van de schuur.
Jorien probeert zo min mogelijk geluid te maken.
Maar ze hoort toch het knerpen van haar schoenen
op het grind.
Achter de schuur is het pikdonker.
Eerst ziet Jorien helemaal niks.
Als haar ogen gewend raken aan het donker
ziet ze wat vage schimmen.
Vooraan staat Rixt.

'Konden jullie niet sneller komen?
We wachten al uren,' klinkt een boze stem.
Die Rixt is ook altijd chagrijnig, denkt Jorien.
'Hou je mond!

Ik heb zo hard gefietst als ik kon, zusje,'
fluistert Thom terug.
Jorien en Thom geven iedereen een hand.
Sommige handen zijn warm en vochtig,
andere zijn koud en droog.
Het is te donker om te zien
welke gezichten bij de handen horen.
Het ruikt naar gras en naar rottende bladeren.

'Waar zijn de hokken?' vraagt Thom.
'Hierachter,' klinkt een van de stemmen uit het donker.
'We kunnen hier binnendoor over het gras lopen.
Dan hoeven we niet over het pad, dat is te opvallend.'
'Maar er is toch niemand thuis?' vraagt Thom.
'Nee, dat hebben we gecontroleerd.
Maar je weet het maar nooit natuurlijk,' klinkt het
antwoord.
'Nou, laten we dan maar snel aan de slag gaan!'
zegt Thom.

Jorien probeert na te denken, maar het lukt niet.
Ze is een beetje in paniek.
Ze weet dat ze het nu moet zeggen.
Dat ze niet meegaat.
Ze zal hier wel blijven wachten, tot ze klaar zijn.
Ze wil wel op Harige Harry passen.
Want die wil vast achter zijn vriendjes aan.
Als die uit de hokken springen.
Maar aan de andere kant...
Dat zou ook niet goed zijn!
Dat zij hier stiekem verstopt zit en niks doet.
En de anderen de kooien van Sams ouders stukmaken.

Straks komt Sam maandag verdrietig op school.
Wat moet Jorien dan tegen haar zeggen?
Dat wordt lastig.

Maar als de bevrijdingsactie helemaal niet door zou
gaan?
Dan betekent dat het einde van al die schattige nertsjes!
Die hangen dan straks over de schouders van die nare,
rijke dames!
Als dure winterjassen!
Jorien kauwt op haar haar.
Wat moet ze nou doen?

'Is iedereen er klaar voor?' vraagt Rixt.
Iedereen mompelt: 'Ja.'
Alleen Jorien niet.
Ze haalt heel diep adem om iets te zeggen,
al weet ze nog steeds niet wat.
Maar ze moet iets zeggen.
Nu.

HOOFDSTUK 15

De koe

Bwoeh!

...

Bwoeh! Bwoeh!

...

Iedereen verstijft van schrik.
Joriens hart bonst in haar lijf.
Er loeit een koe.
Heel hard en heel dichtbij.
In het donker zoekt Jorien Thoms ogen.
Die lachen, als enige.
Hij haalt zwijgend zijn telefoon tevoorschijn.
Het loeigeluid komt uit de telefoon.
In het oranje schijnsel van het schermpje
ziet Jorien het gezicht van Rixt.
Die kijkt geërgerd.
'Jij ook altijd met die idiote ringtones!' zegt Rixt kwaad.

Thom lacht, nu hardop.
De koe loeit maar door.
'Had ik jullie mooi beet!' zegt Thom.
'Zijn jullie soms ergens bang voor?
Even kijken, wie is dit?
Nummer onbekend.
Dat had ik net ook al een paar keer.
Zal ik 'm opnemen?'

Een van de bevrijders schopt boos een steentje weg.
Een ander draait zich om en mompelt iets.
Door het geloei van de telefoon is het onverstaanbaar.
'Nou, ik pak hem toch even hoor.
Misschien is het wel iets heel belangrijks!' zegt Thom.
'Wat kan er op dit moment nou zo belangrijk zijn!?'
sist Rixt.
Het loeien stopt, midden in een 'bwoeh'.
'Met Thom.'
Thom heeft zijn telefoon tussen zijn oor
en zijn schouder geklemd.
Hij luistert naar de persoon aan de andere kant
van de lijn.
Zijn gezicht staat strak.
Het snuitje van Harige Harry komt tussen
twee dreads door.
Thom lijkt niets te merken.
Hij zegt niets.
Langzaam haalt hij het mobieltje van zijn oor af.
Hij kijkt nog een keer naar het verlichte schermpje.
Dan verbreekt hij de verbinding.
Het lichtje gaat uit.
Thoms gezicht is nu nauwelijks meer te zien.

'Wie was dat?' vraagt Rixt.
'Waarom leg je zomaar op zonder wat te zeggen?
Was het mama?'
'Mama?' antwoordt Thom.
'Nee joh, die weet heus wel dat ze nu niet moet bellen.
Het was iemand anders, een man.
Hij vroeg met wie hij sprak.
Ik zei niks.

Hij belt mij toch?
En ik had toch gezegd: "Met Thom".
Dan moet hij toch weten wie ik ben, of niet?
Toen ik niet antwoordde zei hij dat hij
van de politie was.
En hij zei dat ik moest blijven waar ik nu was.
En dat ik vooral rustig moest blijven.
En toen wilde hij nog wat zeggen, maar toen heb ik
opgehangen.
Dus dat hoorde ik niet precies.
Hij zei dat ze in de buurt zijn, of zoiets.'
Iedereen is stil.

'In de buurt?' piept Jorien als eerste.
'O nee hè,' gromt iemand.
'Sjeeee! Met jou gaat ook altijd alles mis hè.
Wat ben je toch een sukkel.'
Dat is Rixt weer.
Iemand anders trapt een steentje weg.
'Dit is echt irritant,' roept een ander.
'Kalm nou maar,' zegt weer iemand anders.
Thom is de enige die nog niks heeft gezegd.
Hij aait Harige Harry over zijn ruggetje.
Die is uit Thoms capuchon gekropen.

'Ik snap het niet,' zegt Thom dan.
'Hoe kunnen ze bij de politie nou weten dat we
hier zijn?
Ik heb er met niemand over gepraat.
En jullie ook niet, neem ik aan.
Toch?
Laten we maar maken dat we wegkomen.'

'Oké, cool,' mompelt een van de andere jongens.
Rixt snuift en zucht.
Ze tilt de tas met gereedschap op.
Zonder een woord te zeggen geeft ze hem aan Thom.

Jorien voelt zich opeens helemaal blij worden.
Ze gaan weg!
Ze hoeft niks te zeggen over Sam!
Ze hoeft niet te kiezen.
Of ze nou wel gaat helpen bij de bevrijding, of niet!
Ze gaan weg.
Ze zou wel willen dansen.
Nu wil ze toch wel graag naar haar moeder
om alles te vertellen.
Zou ze aan Thom durven vragen
of hij haar naar huis wil brengen?

Thom zwiept de tas in de bakfiets.
Hij duwt de bakfiets door het gras naar het zandpad.
Jorien loopt achter hem aan.
Gaan ze lopen of fietsen, vraagt ze zich af.
Die anderen hebben geen fiets bij zich, denkt Jorien.
Ze heeft in ieder geval nergens fietsen zien staan.
Ze kijkt waar de rest blijft.
Jorien is verbaasd.
De anderen zeggen geen gedag.
Ze verdwijnen als schimmen in de struiken.
Jorien is weer met Thom alleen.
Ze klimt in de bak.
Moeizaam zet Thom de bakfiets in beweging.
Ze gaan nu weer in de richting van de weg.

HOOFDSTUK 16

Uit elkaar

Opgelucht kijkt Jorien voor zich uit.
Zonder iets te zeggen trapt Thom de pedalen
in de rondte.
Wel gek, dat de politie belde.
Jorien snapt er niks van.
Waarom moest Thom in de buurt blijven?
En wat bedoelden ze met: blijf rustig!
Nou ja, ze gaan in ieder geval lekker naar huis.
Jorien zegt: 'Ik woon in de Leeuwerikstraat 18.
In de Vogelbuurt.
Wil je me brengen met de fiets of is dat te ver?'
Thom antwoordt niet.
Hij is zeker geschrokken van dat telefoontje,
denkt Jorien.
Zou Harige Harry er eigenlijk nog wel zitten?
Die heeft zich zeker lekker verstopt, het is koud.
Zou dat kriebelen, zo'n beest in je nek?
Vanavond gaat ze aan haar ouders vragen
of ze ook een fret mag.

Ze begint een beetje te rillen.
En nou moet ze ook nog plassen.
Zou ze Thom nog eens zien, na vandaag?
Jorien kijkt of ze het snuitje van Harige Harry
ergens ziet.

'Zie je die vriendin van Rixt nog wel eens?' vraagt ze.
'Welke vriendin?' bromt Thom.
'Die van dat nest fretten?' antwoordt Jorien.
Thom geeft geen antwoord.
Hij stopt met trappen terwijl de bakfiets nog even
doorrolt.

Thom kijkt geschrokken over Joriens hoofd heen.
Hij kijkt naar het einde van het pad.
Dan staan ze stil.
Jorien draait zich om, en ziet een blauw zwaailicht.
Een politieauto zonder sirene blokkeert de weg.
'Tsssss...'
Thom kijkt achterom.
Donker.
De anderen zijn nergens te zien.
Snel grist hij de tas met gereedschap uit de bak.
Hij zwiept hem met enorme vaart ver weg, de bosjes in.

Langzaam begint hij weer te trappen.
In de richting van de zwaailichten.
Opeens klinkt er lawaai van boven,
het komt snel dichterbij.
Een helikopter, vlak boven hen!
Hij blijft precies boven de bakfiets in de lucht hangen.
Een enorme schijnwerper schijnt naar beneden.
Thom en Jorien staan in een straal van fel wit licht.

Jorien kijkt naar Thom.
Zijn gezicht heeft een blauwwitte gloed door het licht.
Zijn pet is vochtig.

Daaronder waaien zijn dreads door de wind
van de helikopter.
In Thoms snorretje zitten zweetdruppels, ziet Jorien.
Zijn neus is een beetje rood.
Zijn ogen staren waterig naar de politieauto voor hen.
De helikopter maakt veel lawaai.
Toch hoort Jorien dat de politieauto nu hun kant op rijdt.
Maar ze houdt haar ogen niet van Thom af.
Ze blijft naar hem kijken.

Dan klinkt er een schelle stem uit de politieauto.
Een politieman praat tegen hen door een megafoon.
'Blijf daar rustig staan.
Ik herhaal: blijf rustig staan.'
Jorien kijkt om.
De politieauto staat nu vlakbij,
en de helikopter hangt nog steeds boven hun hoofd.

Dan gaat het snel.
Vanuit de donkere berm springen twee
politiemannen tevoorschijn.
En vanachter een heg komt ook een politieman.
Thom zit nog steeds op zijn zadel.
Een van de agenten trekt Thom van de fiets.
Hij pakt Thoms armen vast.
Hij doet ze achter zijn rug in een paar handboeien.
Een andere politieman pakt Jorien bij haar arm.
Hij tilt haar onder haar oksels uit de bak.
Alsof ze een klein kind is dat er zelf niet uit
zou kunnen klimmen.

'Het is voorbij, Jorieneke.
Alles komt goed.

Je hoeft niet bang meer te zijn,' zegt de politieman.
Bang? denkt Jorien.
Ze is helemaal niet bang.
Nou ja, misschien voor die politie en die helikopter dan.
Daar was ze wel van geschrokken.
En ze heet ook geen Jorieneke.
En wat is er dan voorbij?

De politieman neemt haar mee.
Hij loopt met haar langs de politieauto.
Jorien kijkt achterom.
'Thom!' roept ze, maar haar stem klinkt vreemd
en schor.
Thom hoort haar niet.
Een politieman praat met hem, hij dreunt
een verhaal op.
Het gaat over recht op een advocaat of zoiets.
Ondertussen duwt een andere agent Thom
achterin de auto.
Jorien ziet dat zijn handen nog steeds geboeid zijn.

De wind en het lawaai van de helikopter worden minder.
Dan pas ziet Jorien dat er nog een auto op het pad staat.
Hij staat achter de politieauto.
Het is een hele grote, met een satellietschotel erop.
Jorien schrikt als ze de bus herkent.
Ze ziet het duidelijk.
De letters flitsen fel in het licht van de politieauto.
Het staat op de zijkant: *Vind dat kind!*
Samen met de politieman loopt Jorien in de richting
van de bus.

HOOFDSTUK 17

Het interview

De politieman gaat tegenover Jorien staan.
Alsof ze heel klein is, pakt hij haar handen vast.
Wat een afschuwelijke vent.
'Zo meid, nou gaan we eerst maar eens
je pappie en mammie gedag zeggen.
Dan praten we straks verder,' zegt de agent.
Op dat moment gaat de deur van de televisiebus open.
Joriens vader en moeder stormen naar buiten.
Ze rennen op Jorien af en omhelzen haar.

Jorien hoort haar moeder snikken.
Haar vader mompelt iets onverstaanbaars.
Ze probeert te zien wat er aan de hand is.
Maar ze wordt verblind door alle lampen om hen heen.
Langzaam raken haar ogen gewend aan het licht.
Dan ziet Jorien dat er nog veel meer mensen zijn.
Iemand houdt een enorme microfoon boven haar hoofd.
Hij heeft een koptelefoon op.
Iemand anders holt naar hen toe.
Hij heeft een notitieblok in zijn hand.

De politieman en nog een politievrouw staan bij de bus.
Twee mensen met een camera lopen om Jorien en haar
ouders heen.
Ze filmen hen van verschillende kanten.

Een man doet bij een vrouw make-up op.
Jorien kent haar wel.
Ze heeft haar wel eens op televisie gezien.
Het is een tv-presentatrice.
Iemand anders brengt het haar van die vrouw in model.
Jorien vindt het allemaal eng en stom tegelijk.

'Mam, hou nou op. Waarom huil je nou?
Pap, laat me los, je baard prikt.'
Wild rukt Jorien zich los uit de omhelzing.
Joriens moeder lacht door haar tranen heen.
Opeens hangt de enorme microfoon voor Joriens neus.
De presentatrice staat voor haar.
Jorien kijkt haar aan.
'Vertel eens Jorien.
We zijn natuurlijk allemaal heel blij dat je weer
gevonden bent.
En zo te zien mankeer je niets.
Ben je goed behandeld door je ontvoerder?
Wat was dat voor man?'

Jorien zegt niets.
Ontvoerder? Waar gaat dit over?
Ze begrijpt er niets van.
'Heb je enig idee waarom hij je meenam?
Ben je de hele dag op dit boerenerf vastgehouden?'
Jorien staart naar de rode lippen van de vrouw.
Ze geeft geen antwoord.
De vrouw ratelt maar door.
'Heb je iets te drinken gehad?
Zijn er nog meer kinderen ontvoerd?'
Wat zegt ze nou allemaal?

74

Vastgehouden? Kinderen ontvoerd?
Waar heeft dat mens het over?
Wat moet ze in hemelsnaam antwoorden?
Jorien zegt niks en kijkt voor zich uit.

'Geeft niks, meid, neem de tijd.
We snappen het wel. Doe maar rustig aan.
Je moet natuurlijk bijkomen na zo'n vreselijke ervaring.
We horen het straks wel, na de reclame.'
En weg is het hoofd van de interviewster.
De felle lampen gaan weer uit.
De cameramannen drentelen wat rond.

Jorien kijkt hoe de presentatrice de bus instapt.
Nu staan zij en haar ouders tegenover elkaar.
Niemand die op hen let.
'Het was helemaal geen ontvoerder,' zegt Jorien dan.
'Het was een bevrijder.
Een heel aardige. Hij heet Thom.
Hij heeft dreads in zijn haar.
En zijn moeder had heel lekkere soep gemaakt.
Het was daar heel gezellig.
Thom is trouwens ook nog niet echt een man, eigenlijk.
Hij is maar een paar jaar ouder dan ik.
En hij heeft een heel lieve fret, Harige Harry.
Die is tam en woont in Thoms capuchon.'

Joriens ouders kijken haar verbaasd aan.
Een politieman komt dichterbij staan.
Hij schrijft wat dingen op in een notitieboekje.
Jorien wil verder vertellen over wat ze heeft
meegemaakt vandaag.

Over het filmpje dat ze gezien heeft bij Thom.
Over de bevrijdingsactie en over de tas met
gereedschap...
Maar ze heeft het gevoel dat ze daar maar beter
niets over kan zeggen.

'Mijn collega's ondervragen die jongeman
op dit moment,'
zegt de politieman.
'Volgens mij hebben we hier gewoon een
weggelopen puber.
Dit is niet een ontvoeringszaak, mevrouw en meneer.
Door het telefoonsignaal wisten we waar ze waren.
Daarom dachten we eerst aan dierenbevrijders,'
gaat de agent door.
'Vroeger zat hier namelijk een nertsenfokkerij.
Maar die nertsenfokkerij is al een jaar geleden gesloten.
Er zat nog even kort een kippenboerderij.
Maar na de vogelgriep moest die ook dicht.
Die mensen hebben nu een ander bedrijf,
iets met internet, geloof ik.
Dus waarom die jongelui hier waren weten we niet.'

Jorien weet niet wat ze hoort.
Geen nertsenfokkerij hier?
En ook geen kippenboerderij?
Dan was het dus allemaal een grote vergissing
van Thom en Rixt en de anderen!
Jorien kijkt naar haar ouders.
Die kijken haar vragend aan.
Ze draait haar hoofd weg.

De make-up van de televisievrouw wordt weer bijgewerkt.

Meteen gaan de felle lampen weer aan.

'En Jorien, gaat het alweer een beetje beter met je?'

Glimlachend duwt de interviewster een microfoon onder Joriens neus.

Jorien wil best antwoorden, maar ze weet niet wat.

Dan hoort ze zichzelf heel zacht zeggen:

'Ik wil naar huis!'

HOOFDSTUK 18

Huisarrest

De volgende dag wordt Jorien laat wakker,
maar ze houdt haar ogen dicht.
Ze heeft diep geslapen. Toch is ze nog doodmoe.
Alsof ze een heel lange sportdag heeft gehad.
Of alsof het gisteren oudejaarsavond is geweest.
Jorien probeert na te denken.
Er was iets... maar wat ook alweer?
Ze hoort haar broertje Wout schreeuwen.
Zo kan ze niet nadenken natuurlijk, met dat gekrijs.
Dan zucht ze, en trekt haar dekbed over haar hoofd.
O ja. Ze weet het alweer.
Huisarrest. De hele dag binnenblijven.

Het interview bij de boerderij was gisteren snel
afgelopen.
Eerst leek het op een ontvoering.
Dat was wel goed voor het televisieprogramma.
Toen bleek de verdwijning toch geen ontvoering.
De makers van *Vind dat kind!* vonden het toen niet
spannend meer.
Niet spannend genoeg voor een tv-uitzending.
De politie had Jorien nog een paar vragen gesteld.
Ze vroegen wat ze daar hadden gedaan.
Op het privé-terrein van iemand anders.
'Weet ik niet,' had Jorien geantwoord.

En waarom Jorien was meegegaan
met een jongen die ze niet kende.
'Weet ik niet.'
En waarom ze niet even naar huis had gebeld.
'Ik mag geen telefoon van mijn ouders!
En trouwens, ik heb wel gebeld!
Bij Thoms huis vandaan! Met zijn telefoon!'
'Gelukkig maar meissie,' had de agent gezegd.
'Want daardoor konden we de telefoon van Thom
opsporen.
We hebben het signaal gevolgd.
Daardoor hebben we jou kunnen vinden.'
Daarna mochten Jorien en haar ouders naar huis.
Maandag na schooltijd moeten ze nog een keer op het
bureau komen.
Dan gaan ze alles in de computer zetten,
heeft de politieagent gezegd.

Het is warm, onder dat dikke dekbed.
Jorien maakt een klein tunneltje om door te ademen.
Ze wil verder slapen, maar dat lukt niet.
Het gegil van Wout is gestopt, maar de slaap is weg.
Ze denkt aan alles wat er gisteren gebeurd is.
Jorien snapte er niks van.
Eerst waren haar vader en moeder zo overdreven blij.
Want ze hadden haar gevonden.
Maar toen ze haar terug hadden, deden ze
meteen weer moeilijk.
'Waarom deed je vanmiddag zo raar, aan de telefoon?'
had haar moeder gevraagd.
Ze vroeg het wel drie keer.
'Ik deed niet raar, jij deed raar,' had Jorien geantwoord.

'Ik wilde gewoon eens doen wat ik zelf wilde.
In plaats van altijd te moeten doen wat jullie willen.'

Jorien wilde niet overal over praten.
Wat hadden ze dan precies gedaan, bij Thom,
vroeg haar moeder.
En waarom waren ze helemaal
naar het huis van Sam gefietst,
wilde haar vader weten.
Kende Thom Sam ook?
Wist ze niet dat ze niet thuis was?
Jorien had haar lippen op elkaar geperst
en niets meer geantwoord.
Toen waren haar ouders echt boos geworden.

Langzaam doet Jorien haar ogen open.
Door het tunneltje van haar dekbed ziet Jorien
haar kleren van gisteren.
Ze heeft ze op de grond gegooid.
Haar modderige laarzen liggen ernaast.
Haar vader en moeder zijn dus niet meer bij haar
komen kijken, gisteravond.
Anders hadden ze die laarzen wel mee naar
beneden genomen.

Toen ze gisteravond thuis kwamen had
haar vader dreigend gezegd:
'Je krijgt vijf minuten, jongedame.
En dan wil ik het hele verhaal van je horen.'
Boos liep haar vader de gang op.
Maar toen hij weer terugkwam, wilde Jorien
nog steeds niets vertellen.

Haar vader was nog kwader geworden.
Hij had hard op de tafel geslagen.
'Je hebt huisarrest, Jorien,' had hij gebulderd.
Jorien was stampend naar boven gelopen.
Haar moeder was zenuwachtig achter haar
aangekomen.
'Was het omdat je geen mobiele telefoon mocht, Jorien?
Was je daarom zo boos, dat je wegliep?
Ik wil daar wel eens over nadenken hoor, lieverd.
Als het zo belangrijk voor je is.'
'Nee, daar heeft het niks mee te maken!'
had Jorien gegromd.
En ze had de deur voor haar moeders neus
dichtgeknald.

Jorien ligt nog steeds in haar bed.
Ze voelt haar maag knorren.
Met een zwaai gooit Jorien het dekbed van zich af.
Huisarrest, oké.
Maar ze heeft wel ontzettende honger.
Ze heeft na de soep van Thoms moeder niks meer
gegeten.
Ze trekt haar rolgordijn open en denkt weer aan
gisteren.
Hoe zou het gaan, met Thom?
Wat zou de politie tegen hem gezegd hebben?
Ze zou hem nog wel eens willen terugzien.
Jorien drukt haar neus tegen het raam.

Het regent.
Jorien kijkt naar de plassen op straat.
Dan ziet ze iets.

Ze schrikt en duikt naar de grond.
Plat ligt ze op het koude zeil.
Ze heeft haar pyjama nog aan.
Haar hart bonkt.
Heeft ze het echt goed gezien?
Voorzichtig komt ze overeind.
Ze schuifelt op haar knieën naar het raam toe.
Met haar kin op de vensterbank gluurt ze naar beneden.
Ja hoor, ze heeft het goed gezien.
Beneden, voor haar huis staat Thom, met zijn bakfiets.
Die heeft hij dus al opgehaald!
Hij draagt een ander petje dan gisteren.
'Nee!' zegt Jorien, hardop.
'Dit kan niet waar zijn.
Thom is hier, en ik loop nog in mijn pyjama!'
Hé, weten mijn ouders eigenlijk wel wie Thom is...
denkt Jorien.

HOOFDSTUK 19

Harige Harriët

De deurbel klinkt hard door het huis.
Jorien hoort haar moeder naar de voordeur lopen.
Ze doet haar kamerdeur op een klein kiertje.
Ze hoort de stem van haar moeder.
En heel zacht die van Thom.
Dan hoort ze ook haar vader.
Jorien kan niet verstaan wat er gezegd wordt.
Er wordt lang gepraat.
Laten ze Thom nou al die tijd in de regen staan?
Dan hoort Jorien haar moeder de trap oplopen.
'Ik zal even gaan kijken voor je, maar ik geloof
dat ze nog slaapt.'
Nee, dit kan niet! denkt Jorien.

Pijlsnel rent Jorien haar kamer uit, de badkamer in.
Deur dicht, op slot, douche aan.
Snel trekt ze haar pyjama uit en springt onder de straal.
Ze knijpt een fles shampoo leeg boven haar vlechten.
Terwijl het schuim over haar lichaam sijpelt,
klopt haar moeder op de deur.
'Kom je zo beneden, Jorien?
Die jongen van gisteren is er voor je.'
En jullie hebben wel wat uit te leggen.

Even blijft het stil.
Dan roept Jorien:
'Oké mam, even douchen, ik kom zo.'

Jorien heeft zich aangekleed.
Ze gaat snel naar beneden.
Op de trap ruikt ze iets wat ze al heel lang niet heeft
geroken in huis.
Soep! Haar moeder heeft pindasoep gemaakt!
Jorien heeft nog geen ontbijt gehad.
Maar pindasoep lust ze altijd!
Ze wordt helemaal blij en warm van binnen.
In de woonkeuken zit Thom met haar ouders aan tafel.
Hij heeft zijn jas nog aan.
Hij ziet er een beetje bleek uit.
Er staat een dampende kom soep voor hem.

'Hoi,' zegt Thom.
Jorien voelt zich onwennig en verlegen.
Ze vindt het raar om Thom te zien.
Hier aan de keukentafel, met haar vader en moeder.
'Hoi,' antwoordt Jorien.
Niemand zegt meer iets.
'Wat wilde die politie van je?' probeert Jorien dan stoer.
'Niks, gewoon een misverstandje.
Niet dat het je wat aangaat,' antwoordt Thom.
Jorien is blij dat haar moeder een kop soep
voor haar neerzet.
Ze doopt er een stokbroodje in.
Ze roert er wat mee rond en stopt het in haar mond.
Heet.
Dan schraapt Joriens vader zijn keel.

Jorien weet wat dat betekent.
Haar vader gaat hen streng toespreken.
'Beseffen jullie wel hoe ongerust jullie ons
hebben gemaakt?' begint hij.
'Jorien, waarom verstop je je toch zo vaak?
Daar ben je toch veel te oud voor!
Waarom bleef je zomaar een hele dag weg?
Thom lijkt me een aardige jongen, maar jij kende hem
niet eens!
Als iets je dwars zit, dan kun je dat toch gewoon
zeggen?'
Jorien staart naar een sliertje taugé in haar soepkom.
Het lijkt op de staart van Harige Harry, denkt ze.

Dan zegt ze: 'Sorry.
Ik was boos, omdat ik niet mee wilde.
Als jullie me zo volwassen vinden,
waarom moet ik dan altijd mee?
Ik wil niet naar die saaie winkels.
Ik wil doen waar ik zelf zin in heb.
Maar ik wilde jullie niet ongerust maken.
Ik probeerde het gisteren steeds te vergeten,
dat jullie ongerust zouden zijn.
Maar dat lukte niet.
Ik moest er steeds aan denken.'

Haar ouders zeggen niets meer,
en Jorien weet niet wat zij nog kan zeggen.
Ze schaamt zich wel, maar ze denkt ook aan Thom.
Hoe voelt hij zich?
En wat zal hij wel niet van haar denken?
Hij vindt haar vast heel kinderachtig.

Maar Thom denkt aan iets heel anders.
Hij zegt:
'Ik ben gekomen om je iets heel belangrijks te vertellen.
Vannacht heb ik iets ontdekt.
Harige Harry is toch niet zo'n goeie naam
voor mijn fret.'
'Waarom niet?' vraagt Jorien.
'Nou, eh...'
Snel kijkt Thom naar de ouders van Jorien.
Haar vader en moeder zeggen nog steeds niets.
'Eh, eigenlijk is het zo...
Het blijkt dat Harige Harry toch meer een
Harige Harriët is.
Ik snap nu ook waarom ze zo klein bleef.
Mijn fret is geen mannetje, maar een vrouwtje.'

Thom staat op en haalt zijn sjaal tevoorschijn.
Die is opgerold tot een bol.
Voorzichtig legt hij de bol op tafel.
Hij rolt de sjaal uit.
Jorien ziet het snuitje van Harige Harry.
Die nu dus Harriët heet.
Overal wriemelen kleine witroze beestjes.
'Ahhhh!' gilt Jorien.

Jorien probeert de kale diertjes te tellen.
Maar die kleine fretjes kruipen steeds over elkaar heen.
Acht? Negen?
Het lijken wel muisjes.
Ze hebben nog geen tanden, zoals hun moeder.
En allemaal zoeken ze naar het beste plekje.
Jorien probeert er één op te pakken.

'Nee, nog niet!' zegt Thom.
Hij vouwt de sjaal weer een beetje dicht.
'Pasgeboren fretten moeten dicht
bij hun moeder blijven.
Zeker de eerste twee maanden van hun leven.'
Dat die lieve beestjes ooit roofdiertjes worden,
denkt Jorien.
Het zijn schatjes!
Als zijzelf nou toch eens... eentje maar...
Ze kan het nu natuurlijk niet vragen aan haar ouders.
Dit is niet het juiste moment.

Maar dan begint de vader van Jorien er zelf over.
'Misschien is het een goed idee,' zegt haar vader
'dat je voor een fretje gaat zorgen.
Dan leer je verantwoordelijkheid te nemen.'
Die praat weer op zijn vergadertoon, denkt Jorien.
Maar dat vindt ze dit keer helemaal niet erg.
'Echt?' vraagt ze.
'Maar nu nog niet, hoor,' zegt Thom.
'Eerst moet Harige Harriët ze nog even
voor je opvoeden.
Maar dat is niet erg, toch?
Over acht weken mag je er één uitkiezen.
Dan leer ik je in de tussentijd wat over de verzorging.'

Jorien kijkt naar haar vader en moeder.
En dan weer naar het nestje.
Voorzichtig legt ze de sjaal nog wat over de fretjes heen.
'Oké,' zegt ze dan.
Tevreden kijkt ze om zich heen.
'Alles is cool. Is er nog soep?'

Troef-reeks

2012

De Troef-reeks richt zich op lezers met een achterstand in de
Nederlandse taal, zoals dove en anderstalige kinderen en jongeren.
'Ontsnapt?' is geschreven voor jongeren vanaf 11 jaar.

Conny Boendermaker, *De nieuwe klas*
Conny Boendermaker, *Het verhaal van Anna*
Lisette Blankestijn, *Ontsnapt?*
Heleen Bosma, *Droomkelder*
Heleen Bosma, *Magie van de waarheid*
Nanne Bosma, *Thomas – een verhaal uit 1688*
Iris Boter, *Beroemd!*
Christel van Bourgondië, *De stem van Isa*
Stasia Cramer, *Te groot voor een pony*
Annelies van der Eijk e.a., *Breakdance in Moskou*
Lis van der Geer, *Een spin in het web*
René van Harten, *Dansen!*
René van Harten, *Ik wil een zoen*
René van Harten, *Linde pest terug*
Anne-Rose Hermer, *Gewoon vrienden*
Anne-Rose Hermer, *Tessa vecht terug*
Marian Hoefnagel, *Blowen*
Marian Hoefnagel, *Twee liefdes*
Marian Hoefnagel, *Zijn mooiste model* (ook gebonden uitgave)
Ad Hoofs, *Er vallen klappen*
Ad Hoofs, *Rammen en remmen*
Sunny Jansen, *Winnen of verliezen*
Joke de Jonge, *Geheime gebaren?*
Netty van Kaathoven, *Help! Een geheim*
Netty van Kaathoven, *Pas op, Tirza!*
Valentine Kalwij, *Een vriend in de stad*
Anton van der Kolk, *Het huis aan de overkant*
Wajira Meerveld, *Haan zoekt kip zonder slurf*
  voorlees-/prentenboek voor kinderen van 2 tot 6 jaar
Selma Noort, *Mijn vader is een motorduivel*
Marieke Otten, *Dik?*
Marieke Otten, *Gewoon Wouter*
Marieke Otten, *Kebab en pindakaas*
Marieke Otten, *Laura's geheim*
Marieke Otten, *Mijn moeder is zo anders*
Chris Vegter, *Dierenbeul*
Chris Vegter, *Vogelgriep*
Wajira de Weijer, *Haan zoekt huis met geluk*
  voorlees-/prentenboek voor kinderen van 2 tot 6 jaar

Aan dit boek in de Troef-reeks is financiële ondersteuning verleend
door het ministerie van OCW.

De Troef-reeks komt tot stand in samenwerking met de FODOK.

Lesmateriaal en/of verwerkingsopdrachten bij dit boek kunt u gratis downloaden.
Ga hiervoor naar *www.vantricht.nl* > *makkelijk lezen* en klik de titel van het boek aan.
Onderaan de pagina vindt u het pdf-bestand van de lesbrief.

Vormgeving Studio Birnie
www.studiobirnie.nl
Illustraties Walter Donker
www.kameleondesign.nl

Eerste druk, eerste oplage 2009
Eerste druk, tweede oplage 2010

ISBN 978 90 77822 42 5
NUR 283, 284 en 286

info@vantricht.nl